鋲

Byou

Hisashi Natsukawa

菜津川久

幻冬舎
MC

イラスト　西川真以子

街を隔てた遠くに海が光って見えていた。街といったって見渡す限り赤茶けた焼野原だ。

そこは半年前まできれいな街並みが広がっていた所だ。色とりどりの屋根瓦が、モザイクのように並ぶ家々の間を緑の街路樹に縁取りされた道路が海に向かって伸び、駅舎の時計台や消防署の火の見櫓や公園の観覧車などが玩具のように遠くに見えていた。今それらは何もない。あの一晩の間に降り注いだ焼夷弾と爆弾の雨がその景色を全部変えてしまったのだ。今その同じ場所には、焼け跡から拾い集めた焼けトタンを屋根にして、焦げた板でまわりを囲ったバラックが瓦礫の隙間の地面に貼り付くようにひしめいている。

爆音が近づいて、ヘリコプターが煙の尾のようなものを曳き始めた。

「ＤＤＴという新しい薬を撒いているんだ」

先生は言って、教壇を降りると窓際に近寄って外を眺めた。

「蚤もシラミも家ダニも、ああやって空からＤＤＴを撒いて一掃しちゃおうってわけだ。さすが進駐軍だ。あれだけの物量と機動力を持った国に対して、日本は全く愚かな戦争をしたものだ」

日本は、と言うとき先生は文明とは無縁のどこか遠い国を批判するように腕を高く組んだ。

ぼくは無感動に窓の外に目をやった。学校は高台にあるから、街の上を低空で飛ぶヘリコプターは、ぼく達の目の高さの延長線上にあった。戦争が終わって初めてこの国の上に現れたときは珍しかった背中にローターの付いたアメリカ製のこの機械も、三カ月たった今はもうただの景色の一つでしかない。あまりにも激しい変化が次々とまわりに起こって、もう何が出てこようと、ぼく達はすぐに倦《あ》きた。

「じゃ、また授業に戻る」

その授業にも、ぼく達はもう倦きていた。でも筆に墨をいっぱいに含ませなおして待った。

「それから六行目から八行目までを消す」

ぼくは鉛筆の先で上から一行、二行と数え、言われた部分を墨がはみださないように丁寧に消した。もう何日こんなことばかりやっているのだろう。教科書は殆ど文章の意味が不明になるくらいに消されているのだ。

ぼくはそっと上目遣いに先生の顔を見た。

この本はほんの数カ月前まで唯一絶対のものとしてぼく達が教えられた教科書だ。それを

教えていたのはこの先生だ。それを今日はこうして塗り潰させている。

きっと耐えているんだ。おとなであるということは、先生であるということは恥ずかしさに素知らぬ顔で耐えることに違いない。ぼくは先生の表情の奥に何か動くものを求めて上目を遣ったのだった。

でも、先生はむしろ得意気に声を張り上げた。

「日本の国から軍国的なものを追放するため、あらゆる軍国主義の亡霊を追い出すのです。そうして平和な国民として生まれ変わるのです」

――最後の一兵まで戦い抜こう。鬼畜米英打倒の日は、もうおまえ達の目の前に来ている――

つい数カ月前のあの声と少しも変わらない張りのある自信に満ちた声だった。

「それでは次は音楽の教科書に行く」

「村の鍛冶屋」という曲のページが開かれた。

――鉄より堅いと自慢の腕で打ちだす刃物に心こもる――

「この『鉄より堅い』というところと『刃物』というところが軍国的です。今から先生が言うように書き直しなさい」

先生はゆっくりとした口調で、GHQが作ったと思われる手引きのパンフレットを読み上げた。

「長年鍛えた自慢の腕で、打ちだすスキ、クワ、心こもる」

戦争が始まるすぐ前に小学校から国民学校と名前を変えた四年生の教室でみんなは黙々と筆で塗り潰して鉛筆で書き込む作業を繰り返していた。全てが平和でばかばかしいくらいのどかだった。

どうしてみんなこんなに平気でいられるのだ。戦争で日本が負けようがアメリカが勝とうが、そんなことはどうでも良い。でもあれだけの号令で、あっち向け、と言っておいて今日は手のひらを返したように、こっち向け、と声を張り上げていられるとは。ぼくはまた窓の外を見た。ヘリコプターはもういなかった。青い空だけがガランと街の上に広がっていた。すると不意に、その青い空の中に死んだ妹の顔が浮かんでくるようにぼくは思った。

訂正作業は工作の教科書に移った。二枚のミラーを組み合わせて潜望鏡を作る教材だった。その「潜望鏡」というタイトルを「千里眼」と訂正して授業は終わった。

終業のベルを合図に校内は一斉にざわめいた。

一人の生徒が叫んだ。

「欲しい奴いるか。そいつら集まれ、この指触れ」

その生徒はランドセルからコーラとチューインガムを出して机の上に並べて誇らしげに

あたりを見回した。

　生徒の輪ができた。

「どこからもらってきたんだ」

「進駐軍からもらったんか」

　最初に指に触った友達に栓を抜いたコーラのビンを手渡しながら、その生徒は得意満面で答えた。

「当たり前よ。コーラもこんなガムも日本で買えるわけないだろ。俺な、こう言ったんだ。ジープ、ジープ、ストップ。ハロー、ガム、コーラ」

「そうしたら？」

何人かが目を輝かせた。

「ジープの上からボール箱に入れて投げて寄越したわ」

さすがにコーラをもらった生徒も変な顔をした。

「それで、おまえ拾ったんか」

「当たり前よ。いやなら返せよ。すぐ返せよ」

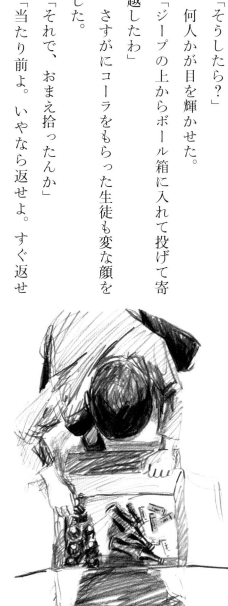

「返すよ。そんなの返すよ」

言いながらも、その生徒は思いきり頬をふくらませて一息にビンの口から飲んだ。するとコーラは喉の奥で二倍にも膨れ上がり、むせながら無理にそれでもまた一口飲んでビンを突き出すように返した。

「ちぇ、文句言って飲んでやがる。他に欲しい奴いないか」

ぼくは人垣に背を向けた。すると耳の奥にまた死んだ妹の声が戻ってきた。

　戦争が終わったのが八月だった。今が十一月だ。季節は夏が秋に変わっていたが、たった三カ月しか経っていないのだ。それがぼくには嘘みたいだった。ぼくの記憶ではきのうのことのようなのに、おとな達を見ているとあれは遠い昔の出来事だったみたいだ。あの防空頭巾の下に血走った目を光らせていた人々がどうしてみんな、こんなに優しい平和な人達に変わってしまったのか。ほんの数ヵ月前には座布団みたいな模擬爆弾を小学四年生のぼく達の胸にしばりつけ、戦車の下に飛び込む練習を校庭でさせた先生達が、今日は男の子にまでオルガンに合わせて「白鳥の湖」を踊らせる。男子も家庭科を勉強しましょうと呼びかけて白いエプロンを掛けてジャガイモをゆでさせる。ぼくには周囲の世界が夢のように希薄だった。

でも確実に戦争は終わっていた。ぼくの住んでいるP市は市街部を手ひどく爆撃で灰にされていたが、郊外は比較的無事だった。そしてぼくの家は中心部からはずれた小高い丘陵にあったから戦災はまぬがれていた。当時としては近代的なベランダのついた洋風の造りのその家は戦争の始まる前のままで、そこだけ時が避けて通り過ぎたようにも見えたが、ベランダに出て街を見渡すと、丘の下に広がるP市は焼けトタンに覆われた廃墟だった。

ゆるい登り坂になっている道をぼくはいつものように小走りに家へと駆けた。戦争が終わった日から防空頭巾も救急袋も持たずに通学していることがかえって変な気持ちだった。ランドセルだけの背中が忘れ物をしたように軽かった。

エンジンの音が近づいてジープがぼくを追い越した。屋根のないジープには溢れるように身体の大きいアメリカ人の他に日本人らしい男が一人乗っていた。木炭自動車に馴染んだ鼻に、ガソリンの匂いを甘く残してジープは坂の上を曲がって見えなくなった。ガソリンで走る自動車があることさえ、ぼく達の忘れ始めていることだった。タクシーもバスもトラックも、日本の殆どの自動車は、炭焼きガマを背負って走っていた。燃料は炭でありマキであった。

ぼくはふと足を止めた。十カ月前まで、学校の帰りにぼくはこの道を通っていなかった。本当のことを言うと、この道は少し遠いのだ。

もっと近い道がある。でも、あれからぼくはその道を決して通らない。いつも妹と通学していたその道。麦畑の中を抜けるその道。

坂道でぼくを追い越したジープは、ぼくの家に来たのだった。ぼくが玄関の脇に少し植えておいたホウレン草の中に車輪を乗り入れて、夕陽を浴びてジープは止まっていた。

玄関の鍵が開いたままだった。ぼくが中に入ると、ちょうどアメリカ兵達がドヤドヤと家の中から玄関に出てくるところだった。みんな靴を履いたままだった。日本人らしい男も靴を履いていた。母が一番後ろからその人達を送って出てきた。間近で見るとアメリカ人はすごく大きく見え、手の甲に金色の毛が生えていた。玄関にぼくが立っているのを見ると兵隊の一人がとても人なつっこい顔で笑ってガムの箱をポケットから出して、ぼくの方に差し出した。ぼくは咄嗟に顔がこわばってくるの

が自分でわかった。ぼくは自分の腕を力いっぱい背中に回した。

「あげると言っているのですよ」

日本人の男が脇から言った。

ぼくはむきになって首を左右に振った。

「いただいておきなさい」

母が言った。

ぼくは仕方なしにガムを受け取った。しかしこの人達は何をしに家に来たのだろう。その疑問はすぐに解けた。

「ところで……」

その日本人の男が急に改まった口調で母の方に向きなおったからだ。

なんだかわからないけれど、大変な話が始まるのだという予感がぼくの中を走った。

「実はお宅を拝見させていただいたわけはですね……」

その男は日本人なのにわざと変なアクセントをつけた

日本語で言った。

「知っておいでのようにこのP市はすでに進駐軍の軍人、軍属、その家族が駐留しています。日本は占領されているんですから当然です。今のところ青葉町にキャニオンハイツ、橋本町にリバティーハイツを準備中ですが、その他に高級将校の私邸が少し必要なのです。家族の方々を本国から呼び寄せるので、ハイツの中だけでは無理なのですよ。そこで民間の住宅の借り上げを行っているわけなんです」

日本人の男は、一目でアメリカ煙草とわかる鮮やかな模様の箱から一本抜いて火をつけた。

「ところが、民間の住宅といっても殆ど焼けてしまっているし、いくら立派でも畳ばかりの田舎造りじゃ困るし、となるとなかなかないものなんですよ。それで毎日こうして探して歩いているんですよ」

母の顔が蒼白になるのがはっきりとわかった。

「この家は洋風にできているし、大変結構な設計です」

男は楽しむような物の言い方をした。

「そうしますと、接収されてしまうのですか」

「いや、接収というのではなく借り上げるのです」

「接収と借り上げとどう違うのですか」

「つまり使用権は移りますが、所有権はお宅に残っているわけです」

「いつまでお貸しすれば良いのでしょうか」

ぼくには男が少し笑ったように思えた。

「期間が二十年なのか三十年なのか私にはわかりません。借り上げ業務は日本政府がします。それに関する法律は日本国のものです。あとは日本側の役所から連絡が来ます。連絡が来たら一週間以内に立ち退いていただくことになると思います」

「立ち退くって、どこに立ち退くのですか」

「それは日本の役所の方と相談してください。もし心当たりの家があれば、どこに立ち退くもお宅の自由です」

「そんな家、あるわけないじゃありませんか。焼け残った家さえないこの街の中に、空いている家なんかありっこないじゃありませんか」

「大変お気の毒とは思いますけど、焼けたと思えばいいんじゃないですか。空襲で家を失った人達も、みんな自分達でなんとかしています」

母はもう何も言わなかった。何を言っても絶対に無駄なことを悟ったのだ。

「詳しいことは日本の役所の人に尋ねてください。私は日本の役所の者じゃないんです。進駐軍の職員です」

『進駐軍の』と言う時、男はひどく胸を張った。どうせ一カ月くらい前に臨時雇いされた通訳に違いないとぼくは思った。そんな人達はみんな日本人のくせに日本人を見下していて、決まって変なアクセントの日本語を話した。戦時中、英語は敵性語として使うことを禁じられていたから、ぼく達は学校で『レコード』は『音盤』、『エレベーター』は『昇降機』、頭髪の『パーマ』は『電髪』、『テニス』は『庭球』と言い換えさせられていた。それなのに、戦争が終わった途端にカタコトの英語の知識がドルを稼ぐ貴重な道具に変わっていたのだ。ほんの数カ月の間にぼくの前で物の価値は風車のように回っていて何を見ても驚くことなんかなんにもなかった。

それだけ話し終わると男は三人のアメリカ兵の方に向

かって何か言った。要するに仕事は済んだと言ったのだろう。
タイヤの音をキリキリと軋ませてジープが走り去り、角を曲がって見えなくなると、母はぼくの手から黙ってガムを取り上げてゴミ箱に捨てた。

ぼく達一家は、慌ただしく家財道具をまとめて一キロたらずの距離にある親戚の家の片隅に移った。狭い所だったが、今まで通って

いた学校に同じようにぼくが通える場所と考えて両親がそこに決めたのだった。学校は少し遠くなったが、そんなことはなんでもなかった。何が起ころうとぼくはすぐに慣れるのだ。ただ学校の行き帰りに今まで住んでいた家のそばを通るとき、ぼくは息を止めるような感じになった。家が惜しいなんて気持ちは子供のぼくにはなかった。ただこの家には妹の思い出があった。一緒に削った木の幹の傷、妹が落ちてぼくが引っ張り上げた浅い池。

ぼく達一家が立ち退いてすぐに、改築が始まっているのがわかった。

竹の垣根が外されて白いペンキ塗りのピケットフェンスが家の敷地を囲って巡らされた。それまではすっかり塗りの剝がれたままになっていたベランダが赤とグリーンの二色に塗り換えられた。一週間ほどして通学の途中に見ると、門柱に横文字の表札が埋め込まれ、その下に真鍮の郵便受けが取り付けられていた。そして門の脇と両側のフェンスに立札があった。

――許可なく立ち入った者は日本国の法律により罰せられます――

しかし、それからしばらくの間、その家には人の気配がなかった。昭和二十年は日本の歴史を包み込んだまま間もなく終わろうとしていた。戦争中は禁止されていた

「ジングルベル」のメロディーが陽気に慌ただしくバラック建ての街に流れていた。

学校はもう冬休みに入っていた。その日は冬には珍しく暖かい風のない日で春が一足先に来たような、そんな錯覚さえ起きる晴れた日だった。

ぼくは『家』の前に来て、門が久しぶりに開いているのに気が付いた。玄関のそばにクリーム色の、ジープとは全然違う自動車が止まっていた。ぼくはフェンスに沿って南側にまわった。そして庭を覗き込んだ。庭には寝椅子みたいなものが出してあった。誰かがその上で眠っていた。それは女の子だった。ブルーの洋服を着ていて金髪が長かった。よく見ると眠っているのではなく日なたぼっこをして本を読んでいるのだった。ぼくの胸の中に説明が付かないような怒りが突然こみ上げてきた。それはあまりにものどかな風景だった。女の子が何歳くらいなのか咄嗟にはわからなかったが、金髪の下の顔は

ぼくより二つか三つ上のようにも見え、また、二十歳近いようにも見えた。太陽は真上にあった。葉の落ちた冬枯れの欅の枝が輝いて、遠くで鳥が鳴いていた。

「おにいちゃん」

ぼくの中に突然妹の声が蘇ってきた。するとぼくの視線は雲の影一つない青い空の中に吸い込まれた。あの日もこんな空だった。明るいのどかな青い空だった。

あの日からもう十カ月になる。あれは二月だった。二月とは信じられない暖かい日だった。ぼく達はちょうど教室で昼の弁当を食べているときだった。チャイムが鳴って、校内放送のスピーカーからラジオのアナウンサーの声が流れてきた。

「関東地区、警戒警報発令。敵小型機約四十、鹿島灘の東方海上約二百五十キロを接近中」

ぼくらは天気予報でも聞くように聞いていた。警戒警報など日常のことだった。続いて放送は教員室からのアナウンスに変わった。

「警戒警報が出ている。敵機はまだ洋上二百五十キロで、空襲までにはまだ時間があると思うので授業はこれで終わりとし全員下校せよ」

すでに空襲状態になっていれば生徒だけ帰すことはしなかったはずだが、結果的には教員室の判断は誤算になった。ぼくは二年生の教室に行き妹を連れて校門を出た。出る前にぼくは妹の頭に防空頭巾をかぶせてやり、顎の下できっちりと紐を縛った。それから自分もすっぽりと防空頭巾をかぶった。そうするとあたりの音は急に遠ざかった。

妹が全速力で駆けて、ぼくは妹に合わせて走った。道は麦畑の中を通っていた。林のそばを過ぎたところで妹の息が急に荒くなった。空襲警報を知らせるサイレンはまだ鳴っていなかった。ぼくは頭の中で計算していた。鹿島灘方面から来るのだから航空母艦からの艦載機だ。

巡航速度で飛んでいればまだここまで来ないはずだ。少し妹を歩かせよう。歩調を落として歩き始めると青い空が目に沁みるように入ってきた。太陽は真上だった。静かだった。聞こえるのは小鳥の声だけだった。

その時だった。麦畑の端の林の上すれすれに小型機が三機、一本棒につながって来るのが見えた。ずんぐりした格好から日本機でないことはすぐにわかった。グラマンだとぼくは思った。それは三十度くらいの角度で斜め

に通り過ぎる進路だった。ぼくは幾分ほっとした。戦闘機の機関銃は前方に向いた固定式だから真っ直ぐに突っ込んでこない限り撃たれる心配はないのだ。翼の前の縁だけが一直線に見えたら撃たれると思え。胴体のマークが見えたらもう大丈夫だ。先生はいつもそう言っていた。それにしてもすごい低空だった。百五十メートルくらいかなとぼくは目測した。機体のジュラルミンを留めているリベットが見えそうな距離だ。不意に、ぼくは小さな鳥の羽のような物が首筋から背中を通ってスーッと落ちるような幽かな違和感を覚えた。それは本能的な危険信号だった。尾輪が見えるのだ。これはどういうことなのだ。引き込み式のグラマンの尾輪が見えるわけがない。

そのとき飛行機はわずかにこちら側の翼を下げた。翼の上面が見えた。翼端は丸かった。ぷっつりと切り落としたようなグラマンのそれではなかった。ぼくは妹に体当たりした。妹はのめるように一メートルくらい先の地面に倒れて畑の上に身を伏せた。すさまじい土煙が畑の上を走り過ぎるのと妹が畑の上に伏せるのと同時だった。ぼくは金縛りになったように動くこともどうすることもできず、その位置に立っていた。後部銃座が付いているのだ。操縦席に続く後部銃座の天蓋は開いていて、乗り出すようにして撃ってきたアメリカ兵の顔はすぐ目の前に見えた。撃ったのは先頭の一機だけだった。全てが一秒か二秒の出来事だった。三機はそのまま轟音を残して西の空に消えた。

妹はぼくが押し倒したままの姿勢で地面の上に伏せていた。水が湧いてきたのかとぼくは思った。防空頭巾のすその、ちょうど背中のあたりがジワジワと濡れてきた。そしてたちまち着ているものがぐしゃぐしゃに濡れた。服が黒かったせいか、赤い血を見たという記憶はぼくにはない。ただ水を含んだ雑巾みたいになった妹はもうぼくとは別の世界に行ってしまっていた。

ぼくは茫然と立っていた。風が吹くと妹の防空頭巾の紐が動いてぼくは息をのんだけれど、風がやむとまた動かなくなった。

ぼくはどのくらいそうしていたのだろう。

低空を飛ぶ飛行機の爆音と機関銃の発射音を聞いて、どこかの防空壕に入っていた警防団の腕章を付けた男が二人近づいてきて叫んだ。

「そんなところにぼんやり立っていちゃダメじゃないか。

敵機がその辺にうようよしているぞ」

言いながら倒れている妹に気が付いたのだろう。

「それは俺達がなんとかする。お前はすぐに防空壕に入れ」

頬に思い切り卵の白身をなすりつけられたような感触が来た。ぼくの大切な妹が《それ》になってしまったのだ。

でもぼくは言った。

「お願いします」

一刻も早く母に知らせなければ。

道に飛び出した。

「そっちじゃない。防空壕はこっちだ」

声を聞き流してぼくはもう走り出していた。敵機がいてもいなくてもそんなことは関係なかった。

そのときのぼくに怖いものなんか何もなかった。怖いという言葉自体がもうぼくの中にはなかった。

ぼくは走り続けた。毎日通っている通学路なのに、初めて見る道を走っているみたいだった。

地上には一つの人影もない。みんな防空壕に入っているのだろう。空から見たら一人だけ路上にいるぼくはこれ以上ない標的だったろうが、そんなことは考えの隅にもなかった。ガラス細工の中を走っていて、そこから外の世界を見ているみたいだった。その世界の中をいろいろな映像が景色と重なって動いた。教室の後ろの学級図書の棚が記憶の中に見えてきた。その棚に置かれた一冊の本。クラスのみんなが奪い合って貪るように読んだ本《敵機一覧》だ。妹を撃った敵機がその中にある。二人乗りの小型機で側方を撃てる機関銃を備えた機体。ぼくは記憶の中からその一機を拾い出した。カーチスSB2Cヘルダイバー。航空母艦から発進してきた最新式の急降下爆撃機だ。

ぼくの喉はゼイゼイ鳴っていた。でもぼくは一度も立ち止まらなかった。

ぼくの目の奥にはすぐ目の前の機体の後部座席から乗り出すように撃ってきた射撃手の顔がシッカリと焼き付いていた。

家に続く路地への最後の角を曲がったとき、門の前に母が立っているのが見えた。母は防空壕に入らないで、ぼくと妹の帰りを待っていたのだ。

母の胸に飛び込むなり言葉が出た。

「ゴメンナサイ」

それ以外の言葉などあるわけがない。ぼくが妹を死なせたのだ。ぼくが押し倒さなければ妹は死ななかった。それは、それまで妹が立っていた場所に入れ替わって立っていたぼくが無傷だったのだから確実だ。妹はいつもぼくを一番頼りにしていた。その妹をぼくは死なせてしまい自分は傷一つなく生きているのだ。ゴメンナサイ以外の言葉なんてあるわけがない。

母はそれで全てを悟ったに違いない。

背中を強く抱き締められるのを感じたところでぼくの記憶は途切れる。ぼくは気を失っていたのだ。

フェンス越しに覗き込みながら、ぼくはいつの間にか顔をぴったりとフェンスに押し付けていたらしい。急に女の子が顔を上げた。ぼくはどんな顔つきでいたのだろう。おそらくぼくの目は憎悪か怒りのそれであったに違いない。

なぜ、ぼくの妹があんなに惨めに死に、この女の子はぼくの家まで取り上げて悠々と日なたぼっこをしているのだ。女の子もぼくの方を見た。すると急に険しい表情になって、いきなりジュースの空ビンがぼくの方に飛んできた。ビンはフェンスを支える鉄のポールに当たって砕け、ガラスの破片がぼくの身体にふりかかってきた。ぼくは黙ってフェンスを離れた。

昭和二十一年の正月はたちまち過ぎた。二月がやってきて妹の死から一年が流れていた。ときどきぼくは妹がどんな顔だったか急に思い出せなくなることがあった。このまま忘れてしまうのではないかという恐怖がぼくを襲った。もしそんなことがあれば妹に対する大変な裏切りのように思えた。

夜になると毎日のようにラジオでは『真相はこうだ』という番組が流れていた。戦争中に日本の軍部が流していた情報の嘘が全てあばかれ、実際にはこうだったという話がされるのだった。

しかし、ぼくにはもう今の話の方が本当に真相なのかどうかもわからなかった。明日になればまた明日の真相が、あさってになればあさっての真相が、常にきのうのは嘘だったという解説つきで語られるのがこの世の中だと思い込むようになっていた。ただ一つ確かなのはぼくの目の前で妹が死んだというそのことだけだった。

ぼくはもう通学の途中に〈ぼくの家〉を覗く気もなくなっていた。あれはもう盗られてしまったのだ。学校の帰り道にぼくは今まで避けていた麦畑の中の道をときどき通るようになっていた。妹の死んだその場所に来ることであのときの気持ちが風化するのを防ごうとする願いがあったのかもしれない。

その日、ぼくは学校の帰りに麦畑の向かい側の林の中に寝転んで空を見ていた。空を見るのがいつのまにかぼくの習性になっていたのだろう。

するとの前の道を自転車が通り過ぎて行くのが見えた。ぼくは息をのんだ。

あの〈ぼくの家〉に住んでいる、ジュースのビンをぼくに投げつけたアメリカ人の女の子だった。女の子はぼくに気が付かなかった。スポーティーなその自転車は風のように通り過ぎていった。

ハイツの学校に通っているのだなとぼくは考えた。すると彼女は毎日ここを自転車で通っているわけだ。この一年間どこに向けていいのかわからなかった復讐の標的がぼくの頭の中でおぼろげに形をなし始めていた。

その金髪の女の子はわりと正確に毎日三時半頃にこの道を通ることがわかった。ここを通るときはかなりのスピードで自転車を走らせていた。女の子はやはりぼくよりも二つか三つ年上らしかった。らしかったというのは外国人なのではっきりとは見当がつかないのだ。でも日本でいえば中学生くらいなのだろう。しかし、ぐずぐずしている間に春休みが来た。女の子の自転車は通らなくなった。ぼくは新しい学期が始まるのを待った。

ハイツの学校が日本の学校と同じ学期で授業をしていて、同じ時期に春休みが終わるのかどうかぼくは知らなかった。だから、ただ見張るしかなかった。四月になりぼくは五年生になった。やはりハイツの学校も同様に始まっていたのだ。ぼくの期待通り、自転車は道の上に現れた。

桜が咲いた。戦後初めての春だった。ぼくは遂に決行の日を決めた。あと、どうなるだろうかとぼくは思った。日本はアメリカに占領されているのだ。占領されている国の人間が占領している国の人間に害を加えれば、たとえ子供といえども許されることはないに違いない。どこかの島の収容所に送られて一生閉じ込められるのだろうか。それともC級戦犯達が死刑にされるときに一緒にまとめて処分されるのかもしれない。そうなったら両親はどんなに悲しむだろうか、という思いが少しぼくをためらわせた。今ならまだ思いとどまることができる。でも、やはりどうしてもこれはしなければならないのだ。妹が死にぼくが生きているという矛盾をそのままのんびりと受け入れて生きていくくらいなら遠くの島に送られることなんかなんでもなかった。

麦はもう五十センチくらいに伸びていた。この道を挟んで一方が麦畑、もう一方は杉林だった。ぼくは道路から五メートルくらいのところにある杉にロープをしっかりと結び付けた。上下に外れないかと手で動かしてみると、ロープは下にずり落ちたので、一度ほどき、杉の幹をナイフで削って傷をつけ、その上にしっかりと結びなおした。今度はびくともずれない。それからロープを道の上に這わせて反対側を麦畑の中に投げ込んだ。砂と砂

利を道の上のロープにかぶせると、ぼくは麦畑の中に寝転んで、工作のときに作った潜望鏡を麦の穂の上に立てた。千里眼と名前を変えられていたが、それはまさに潜望鏡だった。風に揺れる麦の穂の海みたいな広がりの向こうに道路が見渡せた。

土と麦の匂いがぼくを包んだ。雲雀の声が絶え間なく落ちてきていた。一羽の声がしだいに下がってくると、別の一羽が上がっていくのがわかった。風がときどき渡った。そのたびに麦畑はサヤサヤと音を立てた。

自転車が潜望鏡の視野に入ってきた。ほんのわずかだが道は下りなのだ。その辺からスピードがぐんと乗ってくるはずだ。あと十数えると自転車はロープのところに来る。ぼくは潜望鏡を倒して息をつめ、腹這いになった。

光るスポークが麦の間に見えた。ぼくは腰を浮かし、体重を全部後ろにかけるようにしてロープを引っ張った。杉の幹とぼくの手の

間でロープは一直線に張られ、激しいショックが手に伝わった。握りしめている掌の中で肉を削り取るようにロープが滑るのがわかった。

女の子の身体は一度自転車の上に立ち上がり、ほうり投げられるように回転して道の上に落ちた。ぼくの周囲の時間は停止した。風の音も雲雀の声も全てが消えた。女の子は倒れたまま動かなかった。金髪が長く肩の上にかかっていた。

ぼくは茫然として麦畑の中に立っていた。感情が全部身体から抜け出してどこかへ行ってしまったような気持ちだった。やがて少しずつ膝が震え始めた。

ふと女の子が顔を上げた。ぼく達は突然お互いに正面から顔を見つめ合う格好になった。ぼくは一目散に麦畑の中を逃げた。そしていったん逃げ始めると恐怖はもう二倍にも三倍にも膨れ上がってくるのだった。

さっきまでの元気はもうなかった。今夜に

もMP（米軍の憲兵）がやって来るだろう。両側からカービン銃を突きつけられてジープに乗せられるのだ。いつか来たあの通訳がついてきてぼくをどこかの島の収容所に送ると両親に説明するだろう。それとも占領軍に逆らった者の見せしめに公園の松の枝にぶらさげられるかもしれない。

その夜MPは来なかった。翌日も、翌々日も誰もやって来なかった。ぼくは学校にいても家にいても落ち着かず、思い切ってあの日以来通らないでいた麦畑の中の道へ行ってみた。怖いもの見たさという気持ちであった。

重いエンジン音が遠くから聞えた。ガタガタというような音も響いてきた。近づくにしたがい大勢の人の話し声も聞こえてきた。音はロードローラーだった。ちょうどあの場所、まさにその地点でアスファルトを流して道路工事が行われているのだ。スコップを持った

作業員風の男も何人かいた。

「何してるんですか」

尋ねずにはいられなかった。そんなことを尋ねるのが藪蛇だとは思っても、とても黙って通り過ぎることはできなかった。

「全くふざけた話さ」

作業員の一人が吐き捨てるように言った。

「進駐軍の家族が道路の窪みに自転車のハンドルを取ら

れて大怪我したんだ」
「……」
「それがこの場所ってわけさ。それで市の土木課長から
の直接命令でここの道路を舗装しろと言うんだ。全く進駐軍はたいしたもんだよ」
「窪みにハンドルを取られて？」
ぼくは思わず声を出していた。いったいどういうこと
なのだ。あの子はぼくの顔をはっきり見たはずだ。

――死んでしまったのだろうか――

それ以外に考えられない。そう思うと心臓が喉に上がってきた。ぼくの頭の中にいろいろな考えがチカチカと走った。でも辻褄の合わないことばかりだった。

ぼくはロープを道の上に投げ出したまま逃げたのだ。潜望鏡だって置いてきた。もし、あの子が死んでしまったとしても、ロープを見れば状況は明らかなのだ。

「本当はもっと舗装の必要な場所がたくさんあるのに全

く馬鹿げたことよ」

ぼくにはもう作業員の声は耳に入らなかった。道にはアスファルト舗装のために流したコールタールの匂いが満ちていた。

五月になってもＭＰはやって来なかった。ただ、その道の二百メートルばかりの区間だけが木に竹をついだように立派に舗装されていた。しかし、ぼくの中の疑問は次第に大きくなって何を考えていても頭はそのことのまわりしか巡っていないのだった。

杉の幹に縛ったあのロープはどこへ行ってしまったのだろうか。いくら考えてもぼくにはわからなかった。

ぼくは思い切って林の中に入った。道路から五メートルくらい内側の杉の幹の、ナイフで傷をつけてロープを縛ったその場所を見ずにはいられなかったのだ。

ロープはなかったが傷は確かにあった。でもぼくの目を吸いつけたのは傷ではなかった。そこに光るものが留めてあるのだった。はじめセロファンかと思ったがそうではなかった。透明のビニールを見たことがないぼくにはそれが何かはわからなかったが、紙が入っているのが見えた。出してみると封筒だった。封筒の表には何も書かれていなかった。中には画鋲を一つ突き刺した消しゴムと手紙が入っていた。何の模様もない白い便箋で誰によって書かれたものかもわからなかった。細かくビッ

シリ書かれている文字は英語で全く意味がわからなかった。画鋲を刺してある消しゴムを裏返してみたが、これはただの消しゴムで何の目的で入れてあるのか見当もつかなかった。

誰に読んでもらったらいいのか。翌日の授業をうわの空で聞きながらぼくはそのことばかり考えていた。何が書いてあるのか見当もつかない以上、両親に見せるわけにはいかなかった。学校の先生にも何と説明していいか

わからないし、内容によっては大変なことになると思った。学校の先生だってMPからぼくをかばうような危険なことは決してするわけがなく、それどころか通報でもされれば全てが終わりだった。

ぼくはポケットの中の鋲の付いた消しゴムを手で触りながら考えていた。すると前に友達から聞いて忘れていた話を突然思い出した。

そうだ。ヤミ市だ。ヤミ市に行ってみよう。

空襲で焼けた街は建物が建つまで復興しなかったわけではない。焼け跡の廃墟から街は物凄いエネルギーで復元していった。全国どこでも、それはヤミ市という名前で呼ばれていたけれど、焼け跡の板一枚、トタン一枚がたちまち店舗になって商品が並んだ。人々がそこに集まり始めると何もないはずの日本の中のどこから持って来たかと思うくらいあらゆる物がここに集まっていた。ベーゴマも長靴も進駐軍放出のギャバジン素材のズボンも少し汚れているのを気にしなければ何でも手に入った。

ヤミ市には英語の読み書き屋がいるのだという話をぼくは友達に聞いたことがあった。進駐軍の若い兵隊達が街に溢れていれば、それの相手になる日本の女達も街に溢れていた。それらの女達は、表面が黒くツルリと光るナイロンのバッグを持ち、シームのピチッと立ったナイロンストッキングを履いていた。靴もエナメルのピカピカだった。全部ＰＸ（進駐軍専用の売店）でアメリカ兵に買ってもらった服装で身を固めていたから、モンペ姿の一般の女達とは比べものにならないくらい鮮やかで得意気でさえあった。

これらの女達を相手にする職業として手紙屋がヤミ市にいるというのだ。正確にどこにいるのかを聞いていなかったことをぼくは後悔していた。しかも子供が頼んで読んでくれるかどうか。それもわからなかった。でも足はヤミ市に向いていた。

女達に聞いてみればわかるだろうとぼくは思った。

ヤミ市はS川のほとりの坂田橋から柏木神社の境内にかけて道路の両側に伸びていた。そういう女達は一目でわかったから、ぼくは思い切って声をかけた。

「あの、手紙読んでくれる人を知りませんか」

最初の一人は黙って行き過ぎたが、二人目が返事をしてくれた。

「手紙って何？」

「英語の手紙です」

女はとても優しい顔になった。

「焼きイモ屋のお兄ちゃんが読んでくれるわよ。あの人、海軍兵学校を出た大尉だったんだもの。すらすら読んでくれるわよ」

「どこにいるの。その人」

「屋台だから場所決まっちゃいないんだけど、よくいるのは柏木神社の一本手前の角のデンスケ賭博の近所よ。はんてん着て、縄で鉢巻きしているからすぐわかるわ」

「ちゃんとお金を持っているのかい」

元海軍大尉の焼きイモ屋は無表情にぼくを見て言った。

「俺は商売でやってるんだ。ただじゃ読まないよ」

「おじさんは焼きイモ屋だろ。手紙屋なんて看板出してないじゃないか」

ぼくはむきになって言った。

大尉はニヤリと笑った。

「看板なんか出さなくたって、お客はちゃんと来るんだ。

聞くけど君は看板を見て来たのか。違うだろう」

「……」

「まあ仕様がない。子供だから金は取れないものな。読んでやるよ。しかし、ただで人に物をやらせようという根性が気に入らない。お客に渡す焼きイモを包むのを三十分手伝っていけ。その間に読んでやる」

「いいとも簡単だ」

ぼくは喜んで言った。

大尉はパラパラと手紙をめくった。それから少し難しい顔をして一枚目に戻った。それからじっと読んでいて急に言った。

「君の家は神社の隣にあるのか」

「神社の隣じゃありませんよ」

「じゃ、庭に神社があるのか」

ぼくは不安になって大尉の顔を見た。本当にこの人は読めているのだろうか。

「そんなものありませんよ」

大尉はちらと横を見て柏木神社の鳥居を指

して言った。

「あんな物があるんじゃないか」

ぼくは飛び上がった。

「前に住んでいた家の庭に小さなお稲荷さんがあるんです。その家に今は住んでいないんですけど」

大尉はもう先の方を読んでいてぼくの返事は聞き流された。

「この手紙に鋲が入っていなかったか」

「入っていましたよ。どうしてわかるんですか」

大尉は初めて声を出して笑った。

「書いてあるんだ。わかるに決まってる」

ぼくはもう尊敬と驚きでいっぱいになって、この焼きイモ屋さんの縄で縛った頭を見ていた。

大尉は読み終わって顔を上げた。辞書など一回も使わなかった。

「ここで内容を言ってもいいんだが、お前、この手紙は何回も読んだ方が良い。書いてやるから家に帰って読め」

大尉はザラ紙を台の下から出して鉛筆で書き始めた。その間にもお客は何人か来て、ぼくは一生懸命になって焼きイモを売った。

「さあ、できたぞ」

大尉は紙を四つにたたんでぼくに手渡した。

「もし返事を書くなら俺のところへ持って来い。今度は金を払えなんて言わないからな」

帰る途中でぼくは四つにたたんだ紙を開いてみたい気持ちを抑えた。そして家に帰ると勉強机に向かってそれを開いた。


――私の友達へ。右手の薬指の骨が折れていて痛むので字が汚くて済みません。

私は、あなたとあなたの死んだ妹さんの写真を持っています。私が今住んでいて、あなたが前に住んでいた家の庭の〈神

社〉の中に入れてあった一枚の写真を、ここに住み始めて間もなく私は見つけました。それには男の子と女の子が並んで写っていました。その写真は私に何回も驚きを与えました。最初は、そこに写っている男の子は私がこの家に住み始めた翌日にフェンスから覗いていた男の子だということに気が付いたときです。私はその子にジュースのビンを投げたのです。それがこの家の前の住人だと知っていたら、私は決してビンを投げたりしなかったでしょう。そして二度目の驚きは、その写真の裏に多分あなたが書いたと思われる日本語の意味を知ったときです。あの写真の裏に書いてある日本語の意味を私はハイツの事務員に読んでもらいました。そして、あなたの妹さんが私の国の飛行機に撃たれて死んだこと、そのときあなたは射手と向き合って立っていたことを知りました。でも、最後の行に書いてある字だけは誰も読んでくれませんでした。読めないと言って読んでくれないのです。私には嘘だということがはっきりわかりました。読めているのに読んでくれないのです。

私はその字を別の紙に書き写しました。日本語を書き写すのは、ものすごく難しかったけれど、真似て書き写しました。それを別の人に読んでもらいました。写真の裏に書いてあるときは誰も読んでくれませんでしたけれど、今度は読んでもらえました。

それは〈必ず〉という字と〈復讐〉という字だったのです。

私の友達よ。戦争だったから仕方がなかったなんて私は絶対に言いません。でもあとどう書いたらいいのか、もうわかりません。

左の鎖骨と右手の薬指の骨が折れました。まだものすごく痛いけど、もしあれであなたの復讐が終わったなら私は嬉しいと思っています。

私の友達よ。この手紙があなたの手に渡り、あなたがこの英文を読んでくれるかどうか私にはわかりません。でも一パーセントの可能性を神に祈ります。私と私の国の人を友達だと思ったら、同封した鋲を、あの木のあなたがロープを縛ったあの場所に刺しておいてください。パパにもママにも内緒です。

余計なことを一行書きます。

私のたった一人の兄は真珠湾の爆撃で死にました。

エレン・アンダーソン

読みながらぼくは心臓の音が聞こえ始めるのがわかった。でも、ぼくは鋲を刺しに行かなかった。それをしてしまえば、妹の死はもう過去の一つの出来事としてぼくの中で風化してしまうのだと思った。鋲を刺したい気持ちはあったのだ。しかし、それを踏みとどま

ることが死んだ妹へのつとめだとぼくは頑なに考えた。

昭和二十五年の春、家の借り上げが終了したことを知らせる通知が来た。「印鑑を持参して家の鍵を受け取るように。その後の使用は自由である」という内容だった。

ハイツが拡張されたので民間家屋の使用が不要になったというのが理由だった。しかし、ハイツが拡張されたという噂はなかった。や

がて六月二十五日のニュースでぼくは朝鮮半島に戦争が起こったことを知った。アメリカ軍は大量に朝鮮に移動していたのだ。

エレンも父親と一緒に朝鮮に行ったのだろうか。それとも家族だけアメリカへ帰ったのだろうか。消息など知りようもなかった。歴史だけが目まぐるしく流れた。

それから十年も経った昭和三十五年のことであったが、P市の地方新聞が『戦後十五年』という企画で連載記事を組んだことがある。その中の『占領』という部分がぼくの目を引いた。当時P市の民家が借り上げられていたことを昔語り風に書いてあったが、そのときそれぞれの家に入っていたアメリカ軍将校のその後の消息が書かれていた。不明というのが多かった。最後の方にこうあった。

アンダーソン大佐、昭和二十五年十一月、朝鮮半島、軍偶里にて戦死。

あのとき、ぼくのまわりで戦争は終わっていたが、エレンは再び戦争の前夜にいたのだった。なぜあのときぼくは鋲を刺しに行かなかったのだろう。あの幹に鋲が刺さっているかどうかをエレンは何度空しく確かめに行ったのだろうか。

鋲は消しゴムに刺したまま、今でも机の中にある。そして、時の流れるほどにそれはぼくの心の奥深く突き刺さってくるのだ。

その林は伐り払われて、今は高速道路が
走っている。

〈著者紹介〉

菜津川 久（なつかわ ひさし）

千葉大学医学部卒
同大学院博士課程修了（小児科学）
南カリフォルニア大学医学部 博士後研修課程修了（内分泌学）
埼玉県立病院・院長を経て、現在社会福祉法人理事

鋲《びょう》

2020年8月28日　第1刷発行

著　者　　菜津川 久
発行人　　久保田貴幸

発行元　　株式会社 幻冬舎メディアコンサルティング
〒151-0051　東京都渋谷区千駄ヶ谷4-9-7
電話　03-5411-6440（編集）

発売元　　株式会社 幻冬舎
〒151-0051　東京都渋谷区千駄ヶ谷4-9-7
電話　03-5411-6222（営業）

印刷・製本　シナジーコミュニケーションズ株式会社
装　丁　　川本 要

検印廃止

Printed in Japan
ISBN 978-4-344-93007-0 C0090
幻冬舎メディアコンサルティングHP
http://www.gentosha-mc.com/